AF271898

Analyse de l'œuvre

Par Natacha Cerf et Noémie Lohay

L'Écriture ou la Vie

de Jorge Semprun

lePetitLittéraire.fr

Rendez-vous sur lepetitlitteraire.fr et découvrez :

Plus de 1200 analyses
Claires et synthétiques
Téléchargeables en 30 secondes
À imprimer chez soi

JORGE SEMPRUN

ÉCRIVAIN, SCÉNARISTE ET HOMME POLITIQUE ESPAGNOL

- **Né en 1923 à Madrid**
- **Décédé en 2011 à Paris**
- **Quelques-unes de ses œuvres :**
  - *Le Grand Voyage* (1963), récit autobiographique
  - *Quel beau dimanche !* (1980), récit autobiographique
  - *Le Mort qu'il faut* (2001), récit autobiographique

En 1942, le Madrilène Jorge Semprun entre au parti communiste espagnol, où il coordonne les activités clandestines de résistance contre le régime de Francisco Franco (général et homme d'État espagnol, 1892-1975) jusqu'à son arrestation. Envoyé en Allemagne au camp de Buchenwald, il en sort à la Libération.

Exclu du parti en 1964, il se consacre entièrement à l'écriture et ne retourne à la politique qu'en

1988 : il occupe alors le poste de ministre de la Culture du gouvernement socialiste de Felipe González Márquez (homme politique espagnol, né en 1942).

Jorge Semprun a reçu de nombreux prix pour ses écrits et témoignages sur la déportation et la vie dans les camps de concentration, comme le prix Formentor pour *Le Grand Voyage*, le prix Femina pour *La Deuxième Mort de Ramón Mercader* (1969), etc.

L'ÉCRITURE OU LA VIE

UN TÉMOIGNAGE ATYPIQUE SUR L'EXPÉRIENCE DU CAMP

- **Genre :** récit autobiographique
- **Édition de référence :** *L'Écriture ou la Vie*, Paris, Gallimard, coll. « Folio », 1996, 400 p.
- **1re édition :** 1994
- **Thématiques :** Seconde Guerre mondiale, camp de concentration, mort, vie, témoignage, écriture

L'Écriture ou la Vie est à la fois un récit autobiographique sur la vie de l'auteur après sa libération du camp de Buchenwald et une réflexion sur les difficultés de transmettre une telle expérience. Jorge Semprun reçoit pour cette œuvre le prix Femina Vacaresco et le Prix littéraire des droits de l'homme, qui rend hommage à sa vie exemplaire, son talent et son humanisme.

Le 11 avril 1945, Jorge Semprun est libéré par les troupes américaines du général George Smith Patton (1885-1945). Jeune étudiant et poète, il sait dorénavant ce que vivre sa mort signifie et tente de l'exorciser par l'écriture qui, inexorable-ment, l'y renvoie.

RÉSUMÉ

LA VIE À BUCHENWALD

Jorge Semprun a été envoyé dans le camp de concentration de Buchenwald pendant la Seconde Guerre mondiale (1939-1945). Il y a vécu sans miroir et sans visage pendant plus de deux ans. Il ne voyait que la maigreur croissante de son corps et son propre reflet dans l'allure des autres.

Au camp, la mort fait la fraternité : si la plupart des déportés ont le regard éteint, les regards qui ont survécu sont fraternels. Celui des SS est plus difficile à capter, mais lorsqu'on parvient à les regarder dans les yeux, on y lit une haine obscure qui a pourtant quelque chose de rassurant, qui donne envie d'essayer de survivre. En somme, et paradoxalement, le regard des siens renvoie Semprun à la mort et celui des SS à la vie, au désir fou de leur survivre.

La fraternité (celle du partage de biens et de paroles au sein des latrines, celle des réunions culturelles clandestines, celle des morts de Maurice Halbwachs [sociologue français, 1877-1945] et Diego Morales, que Semprun tente d'accompagner au mieux avec de la poésie) est par ailleurs l'un des principaux aspects de la vie au camp abordés par le récit, Semprun ayant déjà relaté son expérience plus en détail au sein d'autres écrits, tels *Le Grand Voyage* ou *Quel beau dimanche !*

La vie dans le camp commence à changer quelque temps avant la Libération, à l'approche des blindés du général Patton. À Berlin, les dirigeants ont décidé d'évacuer le camp, mais une résistance passive s'organise, et les déportés ne se présentent plus à l'appel qui doit les réunir. Le 11 avril, lorsque la sirène d'alerte retentit, des groupes de combat se rassemblent. Les bras des prisonniers sont chargés d'armes patiemment amassées pendant ces années d'effroi pour le jour où la liberté serait proche. Ils prennent possession du camp, puis marchent sur Weimar (Allemagne).

LA LIBÉRATION

Le 12 avril 1945, alors que des officiers britanniques s'avancent vers lui, Semprun lit l'épouvante dans leurs yeux et prend conscience de ce qu'il inspire. Le regard d'horreur que portent sur lui ces soldats fait comprendre à l'auteur qu'il n'a pas réchappé à la mort, mais qu'elle l'a traversé de bout en bout. Il est tel un revenant et se considère dès lors comme immortel : plus rien ne peut lui arriver.

Ce même jour, Semprun demande à un jeune officier français des nouvelles de la culture en France. Celui-ci lui donne alors le recueil de poésie de René Char (poète français, 1907-1988), *Seuls demeurent* (paru en février 1945). Au sein du recueil se trouve le poème *La Liberté* (1945), qui commence par « Elle est venue par cette ligne blanche pouvant tout aussi bien signifier l'issue de l'aube que le bougeoir du crépuscule... », que Jorge récitera plus tard, seul sur la place d'appel de Buchenwald.

Le 14 avril, il est chargé avec Albert, un Juif hongrois, de chercher des rescapés parmi les corps sans vie de Buchenwald. Les deux hommes parviennent à extraire un survivant d'un amoncèlement de cadavres. Albert part alors chercher un brancard, tandis que Jorge parle doucement à l'homme qui agonise et le tient avec précaution dans ses bras. L'épisode lui rappelle la fin de Maurice Halbwachs, mort de dysenterie. Semprun avait alors récité quelques vers de Charles Baudelaire (poète français, 1821-1867) à l'intellectuel, anéantissant les odeurs pestilentielles qui s'échappaient du corps du professeur par la poésie, qui se confond avec la dignité humaine.

Le 19 avril, un lieutenant d'origine allemande devenu américain, Rosenfeld, convoque Semprun pour qu'il contribue à établir un rapport d'ensemble sur la vie et la mort à Buchenwald, puisque celui-ci a exercé une responsabilité dans la gestion interne du camp (il gérait la répartition de la main-d'œuvre). Rosenfeld l'emmène également visiter Weimar, le 23 avril ; durant ces deux journées, ils discutent de potentiels débuts de récit de l'expérience des camps. Jorge lui explique que l'essentiel est de parvenir à dépasser l'évidence de l'horreur pour tenter d'atteindre, à la racine, le mal radical (une expression qu'il emprunte à un essai d'Emmanuel Kant [philosophe allemand, 1724-1804]).

L'expérience de ce mal radical est vécue par les

déportés comme celle de la mort : ils n'en ont pas simplement réchappé, ils ont vécu la mort comme une expérience fraternelle et collective qui fonde leur être ensemble. Chacun des prisonniers est uni à l'autre par cette sensation commune d'avoir été traversé par la mort.

ÉCRIRE POUR NE PAS OUBLIER

Au lendemain de la libération de Buchenwald, Semprun – comme d'autres rescapés des camps – doute de la possibilité de raconter l'horreur qu'il a vécue. Selon lui, la transmission d'un tel récit n'est possible que si le témoignage devient un objet artistique, un espace de création : « Seul l'artifice d'un récit maîtrisé parviendra à transmettre partiellement la vérité du témoignage. » (p. 26)

Après son arrivée à Paris, le 29 avril, l'auteur reprend ses discussions avec Claude-Edmonde Magny (femme de lettres française, 1913-1966), qui a rédigé pour lui une *Lettre sur le pouvoir d'écrire* (1947). Il prend conscience qu'il est un déraciné et qu'il sera toujours dans le déracinement. Il doute de jamais s'en sortir et a l'impression tenace que toute son existence depuis la libération du camp n'est qu'un rêve, une illusion. Chaque instant de la vie quotidienne lui rappelle un épisode du camp, comme lors de la sortie avec Odile au Petit Schubert, où le petit ensemble de jazz de la boite joue *Stardust*, un morceau que l'orchestre de jazz clandestin du Tchèque Jiri Zak jouait à merveille à Buchenwald.

Rien ne peut le distraire de sa douleur et, si la meilleure façon de fabriquer de la vie avec toute cette mort est l'écriture, celle-ci le renvoie pourtant immanquablement à l'expérience de la mort. Il conclut : « Il me faut donc un "je" de la narration, nourri de mon expérience mais la dépassant, capable d'y insérer de l'imaginaire, de la fiction... Une fiction qui serait aussi éclairante que la vérité, certes. Qui aiderait la réalité à paraître réelle, la vérité à être vraisemblable. » (p. 217)

Un jour, alors qu'il danse sur du Louis Armstrong (trompettiste, chanteur et chef d'orchestre américain, 1901-1971) avec une jeune femme d'Einsenach (Allemagne), Martine, Jorge remarque que son regard trouble semble attirer les femmes, « comme si [Martine] avait soudain un désir panique de l'étrange passé dont j'arrivais, du désert qui s'annonçait malgré moi dans mes yeux » (p. 144). Mais les aventures avec le sexe opposé, tout comme l'écriture, ravivent dans sa mémoire le souvenir de la mort. Semprun ne se sent pas vraiment vivant. Il sait qu'il y aura toujours la solitude et la mémoire, « cette neige dans tous les soleils, cette fumée dans tous les printemps » (p. 185).

Plus tard, il commence la rédaction d'un livre, mais l'exercice lui est pénible. Écrire revenant d'une certaine façon à refuser de vivre, il débute une stratégie d'amnésie volontaire et suspend dès décembre 1945 sa rédaction. Avec l'aide d'une jeune femme qui ignore tout de son passé, Lorène, il reprend alors le chemin de la vie.

Il ne se remet à l'écriture que de longues années plus tard et reçoit en mai 1964, à Salzbourg (Autriche), le prix Formentor pour son premier ouvrage, *Le Grand Voyage*. C'est pour Semprun un moment particulier : « Douze parmi les plus grands éditeurs du monde vont tour à tour s'approcher de moi et me remettre un exemplaire du *Grand voyage* dans leur langue respective. » (p. 334)

Lorsqu'il reçoit l'exemplaire espagnol, une surprise l'attend : censurée par le régime franquiste, l'œuvre a dû être imprimée au Mexique, mais l'édition n'est pas encore prête. L'éditeur a alors, symboliquement, fait fabriquer un exemplaire unique, conforme à la future édition de son roman à un détail près : les pages en sont vierges.

Le 11 avril 1987, alors que Semprun rédige *Netchaïev est de retour* (1991), il se surprend soudain à insérer plusieurs pages sur son expérience après la libération de Buchenwald ; mises de côté, car elles n'étaient pas en accord avec le roman, ces pages deviendront, des années plus tard, le début de *L'Écriture ou la Vie*. Le même jour, Primo Levi (écrivain italien, 1919-1987), autre rescapé des camps, se jette dans la cage d'escalier de sa maison.

Semprun apprend son décès le lendemain et en est particulièrement affecté. Les deux auteurs partageaient cette même angoisse qui leur fait dire que seul le camp est vrai, tout le reste relevant du rêve : « Rien n'est vrai que la fumée du crématoire de Buchenwald, l'odeur de chair brûlée, la faim, les appels sous la neige, les bastonnades, la mort de Maurice Halbwachs et de Diego Morales, la puanteur fraternelle des latrines du Petit Camp. » (p. 305)

Par ailleurs, il accepte de participer, en 1992, au projet de Peter Merseburger (né en 1928), un journaliste allemand désireux de produire une émission sur Weimar, ville de culture à deux pas de laquelle se trouvait Buchenwald. Jorge retourne donc à Weimar, puis au camp, accompagné de ses deux petits-fils ; un guide barbu se joint à eux pour la visite du camp. L'homme a fait des recherches et retrouvé la fiche de Semprun, établie à son arrivée au camp. À l'époque, jeune étudiant attaché à son intellectualisme, l'auteur avait refusé de se présenter sous une autre identité que celle d'un étudiant en philosophie, malgré les avertissements d'un Allemand aux yeux bleus, responsable d'établir les fiches des nouveaux déportés.

Des années plus tard, il découvre qu'il a en fait été répertorié en tant que stucateur (ouvrier qui travaille le stuc, un enduit naturel à base de chaux) et non comme étudiant. Cet Allemand était un communiste bien conscient que pour survivre à Buchenwald, il valait mieux être un ouvrier qualifié. Le communiste – et les idées de solidarité et d'internationalisme qu'il véhiculait – lui a donc probablement sauvé la vie, en l'empêchant, grâce à ce geste de fraternité, d'être déporté vers le camp infernal de Dora.

ÉCLAIRAGES

L'œuvre est représentative du courant littéraire de l'écriture de soi et de la littérature des camps. Elle est également intemporelle dès lors qu'elle réfléchit sur les mérites et les difficultés de l'écriture, et engendre des questionnements sur le XXᵉ siècle et ses barbaries : *L'Écriture ou la Vie* convoque plusieurs évènements historiques comme la montée du nazisme, la création des camps de concentration, la période de la Libération, la prise de conscience progressive de l'horreur de la réalité concentrationnaire, les atouts et dangers du communisme, ainsi que la fin du géant soviétique avec la chute du mur de Berlin (9 novembre 1989).

CONTEXTE HISTORIQUE

Adolf Hitler (homme d'État et idéologue allemand, 1889-1945) est arrivé au pouvoir en Allemagne en 1933 avec pour projet d'instaurer une société régie par un peuple maitre, les Aryens. À cette fin, l'élimination de tous les peuples jugés biologiquement inférieurs s'impose : les Slaves, les Juifs et autres individus considérés « parasites ».

L'organisation de camps de concentration se met en place dès les années 1930. On y déporte d'abord les opposants au nazisme, mais, dès 1939, les camps se multiplient, et le nombre de détenus explose : opposants politiques, prisonniers de droit commun, homosexuels, Tziganes, personnes handicapées, etc. Les conditions de travail et de vie sont telles qu'on les surnomme « camps de la mort ». Parmi les plus célèbres, citons Dachau, Buchenwald, Ravensbrück ou encore Bergen-Belsen.

En parallèle, la persécution et l'expulsion des Juifs se muent en une volonté d'extermination. La « solution finale », un programme d'extermination mis au point par les nazis, débute en 1941. Les Juifs d'Allemagne, de Pologne, de Hongrie ou de France sont déportés en masse dans des camps d'extermination où ils sont systématiquement mis à mort, principalement par gazage. Le terme Shoah (mot hébreu qui signifie « anéantissement ») désigne ce massacre programmé.

Ce conflit complexe prendra fin avec la défaite

de l'Allemagne (et de ses soutiens : Japon, Italie, etc.) face aux forces alliées (notamment britanniques et américaines) en 1945. Le génocide est évalué à 6 000 000 de victimes juives, auxquelles s'ajoutent des dizaines de millions de victimes dans et hors des camps (selon qu'ils sont des déportés non-juifs ou des civils morts lors de bombardements, etc.).

Jorge Semprun n'est pas juif, c'est un communiste résistant déporté à Buchenwald pour raison politique. Il s'agit d'un camp d'élimination par le travail, à la différence des camps d'extermination comme Auschwitz. Les conditions de détention soumettent les prisonniers aux épidémies, au froid, à la faim et aux brimades.

CONTEXTE LITTÉRAIRE

Au lendemain de la Seconde Guerre mondiale, d'innombrables témoignages sur la déportation et l'extermination se sont multipliés. L'écrivain français Robert Antelme (1917-1990) parle d'une « véritable hémorragie d'expression » (ANTELME R., « Témoignage du camp et poésie », in *Lignes*, n° 21, 1994/1, p. 100).

Il importe en effet de témoigner, de tenter de raconter l'indicible, de perpétuer tant la mémoire des disparus que celle de l'horreur vécue : une littérature de la Shoah voit ainsi le jour, de la publication de journaux intimes écrits durant la guerre (tel celui, célèbre, d'Anne Frank [1929-1945]) aux récits de survivants après la Libération.

La critique moderne a dégagé de ce foisonnement de récits certains textes considérés comme pouvant intégrer le champ de la littérature, en tant que créateurs d'une nouvelle écriture. Parmi ceux-ci, on trouve notamment *Si c'est un homme* (1947) de Primo Levi, *Poèmes de la nuit et du brouillard* (1945) de Jean Cayrol (écrivain et cinéaste français, 1911-2005) ou encore *L'Espèce humaine* (1947) de Robert Antelme. Ces textes dépassent le récit de la vie des camps par l'élaboration de questionnements poétiques et par la création d'une nouvelle approche esthétique.

Jorge Semprun rejoint cette famille d'auteurs avec *L'Écriture ou la Vie*. Cet ouvrage est inséparable de l'époque qu'il raconte, critique et aide à comprendre. Semprun rappelle à la littérature son devoir de ressusciter une période et d'entretenir la mémoire par le miracle des mots. Alors que le souvenir direct des camps aura bientôt disparu, la littérature, elle, demeurera.

Témoignage rédigé à la première personne, *L'Écriture ou la Vie* figure en outre dans la lignée de l'écriture de soi, où l'auteur entreprend de raconter sa propre histoire : autobiographie, journal intime, autofiction et autres récits de vie s'inscrivent dans cette démarche.

SEMPRUN ET L'ÉCRITURE

Jorge Semprun est indissociable de son œuvre en ce sens qu'elle utilise toujours le matériau autobiographique. Le mélange systématique de l'écriture et de la vie vient peut-être de ce que l'écrivain n'est revenu à la littérature que tardivement et sous la forme du témoignage de prime abord. Semprun avait d'abord opté pour le silence par volonté d'oublier, de taire l'inacceptable, et au nom d'une éthique de l'indicible : on ne peut raconter l'enfer des camps au risque de le rendre supportable par l'enjolivement de l'art. Mais, plus tard, s'est imposée à lui la nécessité de parler, y compris au nom des disparus :

« Il fallait parler en son nom, au nom de son

silence, de tous les silences : milliers de cris étouffés. Peut-être parce que les revenants doivent parler à la place des disparus, parfois, les rescapés à la place des naufragés. [...] Parler en leur nom, dans leur silence, pour leur rendre la parole. » (p. 182-183)

S'est imposé à lui le devoir de combattre la barbarie avec l'arme la plus efficace à ses yeux, celle de l'art.

Son exclusion du parti communiste en 1964, à cause de divergences avec la direction, lui rend sa liberté : il devient politiquement indépendant et disponible pour l'écriture. Son premier livre, *Le Grand Voyage*, parait alors qu'il a 40 ans. Cette publication oriente résolument l'existence de Semprun dans une direction littéraire. Cette (re)naissance à l'écriture lui permet de liquider ses engagements politiques, de se libérer de ses inhibitions et de sublimer ses souvenirs concentrationnaires.

À partir de 1993, les récompenses se succèdent ; c'est la consécration littéraire. En 1996, il est élu à l'Académie Goncourt. En parallèle, l'ancien déporté défend avec énergie la mémoire des camps en participant à des colloques et à des débats, et en acceptant les invitations à la télévision ou dans les écoles.

CLÉS DE LECTURE

UN TÉMOIGNAGE ATYPIQUE

Jorge Semprun cherche à démontrer l'impact de l'expérience concentrationnaire sur la vie du survivant. C'est pourquoi l'évocation directe des camps n'occupe pas la totalité du récit, largement consacré aux conséquences de son passage à Buchenwald. Il ne s'agit donc pas d'un témoignage sur les conditions de vie d'un déporté. Les quelques *topos* – pour peu que de tels évènements puissent être réduits à des lieux communs – qu'il mentionne sont toujours articulés avec un épisode narratif ou une réflexion, mais ne sont jamais introduits à titre purement documentaire.

L'auteur ne se conforme ainsi pas aux canons du texte concentrationnaire, puisque son témoignage s'attarde peu sur la vie au camp et ne s'attache pas qu'à retranscrire la difficulté ou l'horreur de la vie des déportés ; il ne s'agit pas tant de faire état de ses conditions de vie pendant ses deux années à Buchenwald que d'évoquer, au gré du récit et de la mémoire, quelques souvenirs précis, laissant transparaitre tantôt l'horreur de l'expérience, tantôt la fraternité des hommes.

Semprun explique d'ailleurs que lorsqu'il a raconté à un officier français les conversations et les films du dimanche à Buchenwald, le militaire a été choqué : comment ne pouvait-on avoir retenu de cet enfer que les séances de cinéma ? L'écrivain sait qu'il n'est pas un témoin comme un autre : « Mon témoignage ne correspondait sans doute pas au stéréotype du récit d'horreur auquel il s'attendait. » (p. 101-102) Mais ce qui fait selon lui d'un témoignage une véritable œuvre littéraire est précisément sa capacité à dépasser les schémas attendus, quitte à choquer ou à être accusé de crime contre la mémoire.

Semprun traduit la réalité de l'horreur sans emprunter les chemins de la froide objectivité et du pathétique. Il évoque pour raison l'idée qu'une reconstruction minutieuse de ces années d'atrocité, aussi détaillée soit-elle, ne pourra jamais rendre exactement compte de la réalité de l'épreuve. La vérité de cette monstruosité échappe au réalisme, qui sera toujours incapable de la transmettre ; la tâche semble donc stérile.

C'est à la littérature que revient le devoir de traduire la réalité des camps, c'est-à-dire à l'artifice et à l'art :

> « J'imagine qu'il y aura quantité de témoignages... [...] Tout y sera vrai... sauf qu'il manquera l'essentielle vérité, à laquelle aucune reconstruction historique ne pourra jamais atteindre, pour parfaite et omnicompréhensive qu'elle soit... [...] L'autre genre de compréhension, la vérité essentielle de l'expérience n'est pas transmissible... Ou plutôt, elle ne l'est que par l'écriture littéraire [...]. Par l'artifice de l'œuvre d'art [...] » (p. 167)

Il y a une distance impossible à combler entre le langage dont l'ancien déporté dispose et son expérience, d'où la nécessité de dépasser le simple exposé des faits.

UN MESSAGE HUMANISTE

Dans *L'Écriture ou la Vie*, l'écrivain tient à raconter les moments de fraternité et de vie en commun dans le camp, sans se limiter à la vérité de l'horreur. Il décrit les moments de bonheur des déportés désireux de se maintenir au rang d'hommes dans ce lieu de l'ignoble, grâce aux relations humaines et à la culture : le partage du même mégot de machorka (une variété de tabac) dans la puanteur des latrines, les récitations de poèmes avec Yves Darriet (musicien et écrivain français, 1920-1977) ou les concerts de l'ensemble de jazz du Tchèque Jiri Zak, sont ainsi autant de moments de camaraderie.

Le livre est rendu remarquable par la priorité que donne l'auteur à la prise de recul sociologique, philosophique et morale, ce qui permet à l'œuvre d'acquérir une dimension universelle : de fait, *L'Écriture ou la Vie* développe notamment une réflexion sur le mal et une méditation sur la mort qui peuvent être valables à n'importe quelle époque et en tout lieu.

Le mal

L'homme est sans cesse menacé par le mal absolu qui, en lui-même, livre un combat permanent contre la fraternité. Et c'est notamment sur cette tension que se construit le livre : s'inspirant d'André Malraux (écrivain et homme politique français, 1901-1976), qui « cherche la région cruciale de l'âme où le Mal absolu s'oppose à la fraternité » (p. 75), Semprun situe l'enjeu de la littérature des camps dans « l'exploration de l'âme humaine dans l'horreur du Mal » (p. 170). À la volonté acharnée de détruire l'homme s'oppose en effet une force de résistance issue d'une inébranlable foi en des valeurs élevées et du désir de maintenir sa dignité.

La grandeur de l'homme réside dans sa capacité à savoir conserver cette dignité dans les pires circonstances, à rester humain face à celui qui s'obstine à le réduire au rang de bête. La noblesse de l'humanité se conserve ainsi même au cœur de la barbarie : Semprun continue de discuter de philosophie avec Maurice Halbwachs, s'attache au témoignage du Juif polonais rescapé d'Auschwitz et à tous les précieux échanges du dimanche après-midi. Les discussions culturelles maintiennent les déportés dans la dignité humaine, car c'est la culture et la littérature qui garantissent la condition humaine et fondent sa fraternité : elles les unissent dans une même résistance contre l'avilissement.

Confrontés à cette même expérience du mal radical, tous se sentent frères, et chacun aide l'autre à conserver son honneur en convoquant Malraux ou Paul Celan (poète roumain de langue allemande, naturalisé français, 1920-1970). C'est le cas lorsque Jorge récite à Halbwachs, en guise de prière, quelques vers de Baudelaire alors qu'il agonise dans ses bras. Une scène similaire se reproduit à la mort de Morales : alors qu'il est pétri par la honte de s'en aller si bassement – c'est la dysenterie qui l'emporte –, Semprun pense à accompagner son décès par un poème de César Vallejo (poète péruvien, 1892-1938).

Ainsi, l'homme est libre de faire le bien ou de faire le mal, mais il restera toujours supérieur à l'animal par la littérature, la poésie et la philosophie. Là réside le message humaniste du récit, puisqu'une résistance politique et culturelle voit le jour à l'insu des nazis, dans les lieux les plus inattendus du camp (les latrines, la salle des contagieux). La culture, l'art, la poésie et la musique, relient les déportés à la liberté et leur permettent d'exister et de résister dans l'expérience du Mal ; grâce à la fraternité qui règne entre les hommes, l'humain est ainsi replacé au centre des valeurs, en dépit des circonstances.

De la mort à la vie

Les déportés survivants ne se sentent pas rescapés, mais revenants, car ils ont véritablement vécu l'expérience de la mort. Tel Ulysse (héros de l'*Odyssée* d'Homère [poète épique grec, VIIIe siècle av. J.-C.]) revenant des Enfers, le prisonnier ayant survécu à Buchenwald dépasse sa condition de mortel. Dès lors, après cette expérience, le sens donné à l'existence change.

Semprun, au retour des camps, se sent presque immortel : à présent, chaque jour l'éloigne de la mort, qu'il laisse derrière lui, plutôt que de l'en rapprocher. En même temps, il peine à se sentir vraiment vivant et à s'imaginer un avenir ; le gout de la vie qu'il éprouve d'emblée se heurte à la réalité, qui le ramène sans cesse à l'expérience vécue.

Dans ce contexte, revivre pleinement lui demandera beaucoup d'énergie et de chance. Lui seront nécessaires les sourires des femmes (Lorène ou Odile) ou la vue du parapluie de Bakounine (anarchiste russe, 1814-1876), synonymes d'oubli – abandonné chez les ancêtres de Lorène dans les années 1870 et jamais retourné à son propriétaire, la contemplation du parapluie aux côtés de Lorène provoque un déclic chez Semprun : il peut vivre à condition d'oublier complètement Buchenwald. Pourtant, toujours, des épisodes de la vie quotidienne le ramènent à son vécu (la neige, les trains ou encore le jazz). Ainsi, ce n'est pas par l'oubli que l'écrivain parviendra à s'arracher à la mort et à son néant, mais par la création artistique.

LE TITRE

Le titre, *L'Écriture ou la Vie*, peut de prime abord sembler ambivalent. Il peut en effet opposer ces deux termes (l'écriture et la vie), trahissant un choix difficile, ou traduire une équivalence : l'écriture et la vie coïncident et se confondent, la première permettant la seconde et celle-ci ne pouvant exister sans l'écriture.

Semprun se veut accessible à un large public, mais le sens que ses œuvres véhiculent est riche, polymorphe, profond et symbolique. *L'Écriture ou la Vie* est donc un titre explicite qui parait en même temps énigmatique.

Son origine est expliquée dans le livre même : alors que Semprun est assis à sa table de travail devant quelques pages du roman qu'il est en train d'écrire, une fiction sans rapport essentiel avec les camps, il est rattrapé par son expérience et ses souvenirs. Un autre ouvrage, imposé par la nécessité d'écrire sur ce drame, est en train de naitre :

> « Les autres livres concernant l'expérience des camps vaguent et divaguent longuement dans mon imaginaire. Dans mon travail concret d'écriture. Je m'obstine à les abandonner, à les réécrire. Ils s'obstinent à revenir à moi, pour être écrits jusqu'au bout de la souffrance qu'ils imposent. » (p. 299)

S'il avait un temps délaissé l'écriture, ce roman s'impose ainsi à l'auteur, malgré la souffrance qu'engendre sa rédaction : il avait choisi la vie, mais ne peut finalement échapper à l'écriture.

Un choix tragique

Dès la libération du camp, l'auteur est saisi par un violent gout de vivre. Cependant, à ce bonheur et cette avidité de vivre s'ajoute une « fatigue de la vie » (p. 297) : s'il a désormais la sensation de s'éloigner chaque jour davantage de la mort, l'expérience l'a changé, et il peine à se retrouver et à s'imaginer un avenir. La vie, sans cesse, le ramène à ses souvenirs et le confronte donc à la mort.

À ceci s'ajoute un déracinement identitaire : exilé de sa patrie natale, puis enfermé à Buchenwald, il n'est plus désormais chez lui nulle part. Déraciné, il l'est d'abord parce qu'il est « rapatrié » en France – mot dont il souligne l'inadéquation, la France n'étant pas sa patrie – et demeure apatride, mais aussi parce qu'il a laissé une part de lui-même à Buchenwald.

Dans ce contexte, de même qu'il était nécessaire pour lui d'abandonner son corps à son sort pour survivre à la torture, il devient impératif pour l'auteur de se couper de ses souvenirs par un oubli volontaire, afin de survivre au camp. Et l'écriture ne fait pas exception. Effectivement, celle-ci – pourtant l'un des plaisirs de son existence – altère paradoxalement son gout de vivre : elle ravive le souvenir et submerge Semprun dans une expérience qui l'empêche de vivre et le dirige dangereusement vers le suicide (un processus qui n'est pas inéluctable, puisque Primo Levi aura vécu l'expérience inverse : c'est l'écriture qui le libéra et le rendit à la vie).

Son projet premier, « oublier dans le quotidien de la vie les années de Buchenwald [...] et mener à bien, cependant, le projet d'écriture qui [lui] tenait à cœur » (p. 292), s'avère irréalisable, et il se force alors à se confronter à un choix cornélien : l'écriture, qui donne du sens à sa vie mais le ramène désormais à la mémoire et à la mort, ou – à travers l'oubli – la vie elle-même :

> « Il faut que je fabrique de la vie avec toute cette mort. Et la meilleure façon d'y parvenir, c'est l'écriture. Or celle-ci me ramène à la mort, m'y enferme, m'y asphyxie. Voilà où j'en suis : je ne puis vivre qu'en assumant cette mort par l'écriture, mais l'écriture m'interdit littéralement de vivre. » (p. 215)

Choisissant la vie, Semprun abandonne avec l'écriture une part de lui-même : « Depuis l'âge de sept ans, j'avais décidé d'être écrivain. [...] pour continuer à exister, j'ai dû cesser d'être ce que je voulais être le plus. » (« Rencontre avec Jorge Semprun, à l'occasion de la parution de *L'Écriture ou la Vie* (1994) », in *gallimard.fr*) Il affirme : « Je suis devenu un autre, pour pouvoir rester moi-même. » (p. 292)

Revenant à l'écriture des années plus tard, celle-ci lui permet finalement de concilier les différentes parts de son être ; son retour à Buchenwald, à la fin du récit, lui permettra d'aller à la rencontre de lui-même et d'ainsi finir la rédaction de *L'Écriture ou la Vie*.

Une renaissance

Mettre des mots sur l'horreur est assimilé à un accouchement douloureux qui donne finalement la vie ; d'abord intitulé *L'Écriture ou la Mort* – la conjonction marquant ici une équivalence – avant de devenir l'alternative tragique *L'Écriture ou la Vie*, le livre traduit donc une esthétique de la douleur surmontée. Les exigences contraires que sont l'écriture et la vie ne se réconcilient que peu à peu, depuis la rédaction du *Grand Voyage* jusqu'au retour sur les lieux de la déportation à la fin du récit.

Semprun prend alors conscience que les tentatives d'éluder ce passé sont inefficaces : il ne peut se reconstituer qu'au travers de l'écriture. Si *L'Écriture ou la Vie* semble traduire au départ un choix tragique, le livre se révèle ainsi être un hommage au pouvoir de l'écriture.

UNE QUESTION DE LANGAGE

La quasi-intégralité des œuvres de Jorge Semprun

a été écrite non dans sa langue maternelle, mais en français, la langue de l'exil et de son parcours universitaire. L'écrivain insiste souvent sur sa qualité d'apatride et d'étranger. Au camp, il a été dépossédé de son parler natal et a transformé cette épreuve en vertu, en s'imposant d'utiliser la langue du pays d'accueil.

Le bilinguisme est pour Semprun un moyen de se créer une identité multiple, une singularité à laquelle il tient : « Pour ma part, j'avais choisi le français, langue de l'exil, comme une autre langue maternelle, originaire. Je m'étais choisi de nouvelles origines. J'avais fait de l'exil une patrie. » (p. 353) Cette particularité le conduit à imaginer la possibilité – concrétisée en une seule occasion – de traduire ou de réécrire ses propres livres.

Mais rédiger dans une langue d'emprunt suppose un rapport à l'écriture plus discipliné, afin de res-pecter les usages d'un idiome qui n'est pas le sien. Cette recherche de contrainte donne de la puis-sance à l'écriture, rend les expressions les plus banales exotiques et le sens des mots plus pur. L'auteur réinvente le langage et esquisse aussi un geste de gratitude envers le pays d'accueil.

Un style hispanisant

Semprun s'affirme comme bilingue et peut donc écrire dans l'une ou l'autre langue sans difficulté particulière ; s'il a moins écrit en espagnol qu'en français, « c'est pour des raisons ou de résidence ou de censure » (« Jorge Semprun à propos de la langue française », in *Apostrophes*, magazine littéraire télévisé, présenté par Bernard Pivot et diffusé sur Antenne 2, 27 septembre 1985), et par amour de la littérature française.

On observe toutefois dans son écriture des « résurgences de la langue espagnole » (FRANCIS C. W. et VIAU R. (dir.), *Trajectoires et dérives de la littérature-monde. Poétiques de la relation et du divers dans les espaces francophones*, Amsterdam, Rodopi, 2013, p. 395) :

> « L'exubérance de l'écriture et la poétique de la digression sont empruntées du propre aveu de l'auteur à l'espagnol qu'il oppose à la clarté et à la concision du français. Selon lui, le castillan est une "langue qui a [...] une très grande autonomie et qui se met à parler toute seule très vite et qui vous échappe encore plus vite." » (*ibid.*)

Cela donne « l'impression que la phrase se

déploie au fil d'une pensée intuitive échappant presque à son énonciateur » (*ibid.*). Un procédé présent dans *L'Écriture ou la Vie*, où Semprun précise régulièrement sa pensée au fil de l'écriture : « Il y avait aussi [des images] de Buchenwald, que je reconnaissais. Ou plutôt : dont je savais de façon certaine qu'elles provenaient de Buchenwald, sans être certain de les reconnaître. Ou plutôt : sans avoir la certitude de les avoir vues moi-même. Je les avais vues, pourtant. Ou plutôt : je les avais vécues. » (p. 259) ; « C'est à ce moment [...] que j'avais pris la décision qui allait changer ma vie. [...] Ou plutôt, c'est là que j'avais commencé à la prendre. Mieux encore : qu'elle avait commencé à être prise, à se prendre, sans que j'eusse à intervenir pour infléchir le cours des choses. » (p. 270)

Sa langue semble en outre empreinte d'un style baroque, fait de répétitions et de digressions, que l'on doit encore au castillan, qui possède « une tendance [...] à la grandiloquence, à l'emphase » (« Jorge Semprun à propos de la langue française », in *Apostrophes*) et dont le phrasé est « complexe, structurellement enclin au baroque, naturellement porté aux arabesques des incidentes et des digressions » (SEMPRUN J., *L'Algarabie*, Paris, Gallimard, 1996, p. 40). De fait, les répétitions, précisions et digressions abondent dans l'œuvre, offrant d'ailleurs une narration enchâssée, partiellement inspirée de l'espagnol, opposé à une écriture française plus méthodique.

On retrouve aussi chez Semprun des réflexions sur le langage et sur les lacunes du français par rapport à l'espagnol ou l'allemand :

> « En allemand on dit *Erlebnis*. En espagnol : *vivencia*. Mais il n'y a pas de mot français pour saisir d'un seul trait la vie comme expérience d'elle-même. Il faut employer des périphrases. Ou alors utiliser le mot "vécu", qui est approximatif. Et contestable. [...] c'est passif, le vécu. Et puis c'est au passé. Mais l'expérience [...] que la vie fait d'elle-même, de soi-même en train de la vivre, c'est actif. Et c'est au présent, forcément. » (p. 184)

Des mots et citations (pas toujours traduites) espagnols – qui en côtoient d'autres, allemands ou italiens – surgissent aussi à l'occasion. On peut encore noter l'usage d'oxymores, tels « patrie étrangère » (p. 17), « aurore noire de la mort » (p. 31), « cadavres vivants » et « cadavres ambulants » (p. 65) ou encore « imagination de l'inimaginable » (p. 166) ; un usage que certains rattachent « à la tradition baroque espagnole de "l'[agudeza], mot d'esprit qui rapproche deux termes que tout semblait séparer par un trait fulgurant" » (BENESTROFF C., « *L'Écriture ou la Vie*, une écriture résiliente », in *Littérature*, n° 3, vol. CLIX, 2010, p. 39-52).

Enfin, sous sa plume, certaines expressions prennent également un sens nouveau. C'est par exemple le cas d'« à pas comptés » : « Ô combien l'expression banale [...] prend ici un sens, se chargeant d'inquiétude : compter les pas, en effet, les compter un par un pour ménager ses forces, pour ne pas faire un pas de trop. » (p. 65)

Une narration insolite

L'Écriture ou la Vie présente une narration particulière : sans cesse, au sein du récit, un élément permet d'invoquer un souvenir de l'auteur, mettant le récit en pause et bouleversant la linéarité chronologique, avant de reprendre le récit là où il avait été abandonné. La narration revient alors sur un épisode passé (ou, à l'occasion, futur par rapport à la chronologie du récit) auquel un détail vient de lui faire penser ou qui éclaire l'histoire, parce qu'il vient d'être mentionné.

Ces épisodes sont en outre parfois emboîtés en cascade : le chapitre IV débute ainsi par sa visite de Weimar avec le lieutenant Rosenfeld, pour repartir rapidement sur sa rencontre, quelques jours plus tôt, avec ledit lieutenant ; le jour de cette rencontre, leur conversation le ramène à un souvenir de l'hiver 1940-1941, et ce n'est qu'ensuite que le récit revient à Weimar.

Ce procédé montre aussi à quel point la mémoire est omniprésente et permet de mieux comprendre pourquoi un effort conscient et volontaire est nécessaire pour s'en défaire – et ainsi continuer à vivre, les souvenirs de Semprun lui donnant une impression d'irréel : les évènements vécus depuis la libération de Buchenwald ne semblent qu'un rêve –, les souvenirs pouvant rejaillir à chaque instant, avec chaque détail inattendu.

Un impossible témoignage

On notera également que *L'Écriture ou la Vie*

est un témoignage, une entreprise littéraire dont Semprun souligne la difficulté. En effet, il se heurte d'abord à une impossibilité de transmettre l'expérience vécue : si celle-ci n'est pas indicible, elle demeure inimaginable pour celui qui ne l'a pas vécue – à supposer que celui-ci souhaite entendre ce que le revenant a à raconter.

Ce problème du retour à l'autre, de l'indisponibilité de l'autre, est également souligné et ne facilite pas non plus le retour vers la vie de l'ancien déporté.

Pour l'auteur, le réalisme trahit cette réalité, et les artifices de la fiction sont nécessaires pour donner à imaginer – à défaut de pouvoir la donner à voir ou à vivre – cette expérience. Ce ressenti est conforté lorsque Semprun assiste à la diffusion d'images du camp de Buchenwald : la vision d'images extérieures à celles de ses souvenirs dépossède Semprun de ces derniers, tout en réaffirmant la réalité « objective » du camp – ce n'était pas un rêve.

Mais elle ravive aussi le problème de la transmission : les images, qui se veulent documentaires et sans aucun commentaire, échouent à correctement partager cette expérience, inimaginable pour celui qui lui est étranger.

Semprun se heurte en outre à des difficultés formelles : non seulement la langue ne peut complètement refléter le vécu, mais le livre souligne aussi l'inadéquation de divers termes langagiers (« rapatriement » et « retour », différenciés à la page 154 ; « vécu » p. 183-184 ; « survivant » et « revenant »).

Le processus d'écriture n'est pas non plus facilité par l'expérience elle-même ; le récit de cette expérience et de cette mort semble sans fin, pouvant potentiellement se décliner à l'infini, tandis que toute fin reste provisoire. Un fait observable dans le récit, lorsque Semprun réécrit sans cesse ses livres, emboite différents épisodes au sein de la narration ou encore explique qu'il avait pour projet – jamais réalisé – de réécrire son livre *Le Grand Voyage* en espagnol sans tenir compte de la traduction existante (le livre vierge reçu de son éditeur espagnol symbolise ainsi le fait que son récit n'est pas terminé et qu'il doit encore raconter son expérience).

La forme même du témoignage impacte donc

le récit, tant dans le fond que dans la forme. Outre la narration particulière, cela se traduit ici par une volonté de réalisme et d'honnêteté intellectuelle quant aux sources, repères temporels, choix de vocabulaire et détails historiques, Semprun reprenant même volontiers des éléments présentés dans ses écrits précédents pour les corriger face à la réalité.

Témoignage d'un rescapé de Buchenwald, *L'Écriture ou la Vie* présente une réflexion sur la mémoire et le choix difficile reflété par le titre : oublier pour vivre, et oublier jusqu'à l'écriture. À travers une narration qui sollicite sans cesse ses souvenirs, l'auteur traite également de la difficulté de transmettre ce témoignage à ceux n'ayant pas partagé son expérience, ainsi que de la fraternité, qu'il oppose au Mal absolu, une fraternité qui peut subsister en l'Homme, même dans les pires circonstances.

PISTES DE RÉFLEXION

QUELQUES QUESTIONS POUR APPROFONDIR SA RÉFLEXION...

- Comment définiriez-vous le genre littéraire qu'est le témoignage ?
- Pensez-vous qu'il y ait un « indicible » de l'enfer concentrationnaire ?
- Plusieurs langues figurent dans *L'Écriture ou la Vie*. Quelles réflexions leur présence permet-elle d'aborder ? Pensez-vous que le langage puisse être un obstacle à l'expression ?
- Quelle réflexion philosophique Semprun développe-t-il sur la mort ?
- Quel rôle a joué l'œuvre de René Char dans l'œuvre de Semprun ?
- Dans *L'Écriture ou la Vie*, la chronologie est soumise à un brouillage temporel. Selon vous, pourquoi ?
- Comment expliquez-vous le nombre massif de références culturelles présentes dans l'œuvre ?
- Relevez des passages de l'œuvre représentatifs du « désordre concerté » (p. 28) propre à

L'Écriture ou la Vie.

- Quelles similitudes et différences y a-t-il entre *L'Écriture ou la Vie* et *L'Espèce humaine* de Robert Antelme ?
- Quelles sont les raisons pour lesquelles Jorge Semprun a rompu son silence sur son expérience ? Faites des recherches : s'agit-il des mêmes raisons que celles qui ont poussé des écrivains comme Jean Cayrol, Elie Wiesel (écrivain américain, 1928-2016), Primo Levi ou encore Robert Antelme à écrire sur les camps ?

Votre avis nous intéresse !
Laissez un commentaire sur le site de votre
librairie en ligne
et partagez vos coups de cœur sur les réseaux
sociaux !

POUR ALLER PLUS LOIN

ÉDITION DE RÉFÉRENCE

- SEMPRUN J., *L'Écriture ou la Vie*, Paris, Gallimard, coll. « Folio », 1996.

ÉTUDES DE RÉFÉRENCE

- ALLIÈS P. et SEMPRUN J., « Écrire sa vie. Entretien avec Jorge Semprun », in *Pôle Sud*, n° 1, vol. I, 1994, p. 23-34, consulté le 16 aout 2017. http://www.persee.fr/doc/pole_1262-1676_1994_num_1_1_1324
- ANTELME R., « Témoignage du camp et poésie », in *Lignes*, n° 21, 1994/1, p. 100-104.
- BENESTROFF C., « *L'Écriture ou la Vie*, une écriture résiliente », in *Littérature*, n° 3, vol. CLIX, 2010, p. 39-52, consulté le 16 aout 2017. https://www.cairn.info/revue-litterature-2010-3-page-39.htm
- BLANCKEMAN B. et HAVERCROFT B., *Narrations d'un nouveau siècle. Romans et récits français (2001-2010)*, Paris, Presses Sorbonne Nouvelle, 2017.

- Francis C. W. et Viau R. (dir.), *Trajectoires et dérives de la littérature-monde. Poétiques de la relation et du divers dans les espaces franco-phones*, Amsterdam, Rodopi, 2013.
- « Jorge Semprun à propos de la langue française », in *Apostrophes*, magazine littéraire télévisé, présenté par Bernard Pivot et diffusé sur Antenne 2, 27 septembre 1985, consulté en ligne le 16 aout 2017. https://www.ina.fr/video/I05271423/jorge-semprun-a-propos-de-la-langue-francaise-video.html
- « Rencontre avec Jorge Semprun, à l'occasion de la parution de L'Écriture ou la vie (1994) », in *gallimard.fr*, 2004, consulté en ligne le 7 aout 2017. http://www.gallimard.fr/catalog/entretiens/01029405.htm
- Semprun J., *L'Algarabie*, Paris, Gallimard, 1996.
- Stalloni Y., *L'Écriture ou la Vie*, Paris, Bordas, coll. « L'œuvre au clair », 2004.

SUR LEPETITLITTÉRAIRE.FR

- Fiche de lecture sur *Le Mort qu'il faut* de Jorge Semprun.

Retrouvez notre offre complète sur lePetitLittéraire.fr

- des fiches de lectures
- des commentaires littéraires
- des questionnaires de lecture
- des résumés

ANOUILH
- Antigone

AUSTEN
- Orgueil et Préjugés

BALZAC
- Eugénie Grandet
- Le Père Goriot
- Illusions perdues

BARJAVEL
- La Nuit des temps

BEAUMARCHAIS
- Le Mariage de Figaro

BECKETT
- En attendant Godot

BRETON
- Nadja

CAMUS
- La Peste
- Les Justes
- L'Étranger

CARRÈRE
- Limonov

CÉLINE
- Voyage au bout de la nuit

CERVANTÈS
- Don Quichotte de la Manche

CHATEAUBRIAND
- Mémoires d'outre-tombe

CHODERLOS DE LACLOS
- Les Liaisons dangereuses

CHRÉTIEN DE TROYES
- Yvain ou le Chevalier au lion

CHRISTIE
- Dix Petits Nègres

CLAUDEL
- La Petite Fille de Monsieur Linh
- Le Rapport de Brodeck

COELHO
- L'Alchimiste

CONAN DOYLE
- Le Chien des Baskerville

DAI SIJIE
- Balzac et la Petite Tailleuse chinoise

DE GAULLE
- Mémoires de guerre III. Le Salut. 1944-1946

DE VIGAN
- No et moi

DICKER
- La Vérité sur l'affaire Harry Quebert

DIDEROT
- Supplément au Voyage de Bougainville

DUMAS
- Les Trois Mousquetaires

ÉNARD
- Parlez-leur de batailles, de rois et d'éléphants

FERRARI
- Le Sermon sur la chute de Rome

FLAUBERT
- Madame Bovary

FRANK
- Journal d'Anne Frank

FRED VARGAS
- Pars vite et reviens tard

GARY
- La Vie devant soi

GAUDÉ
- La Mort du roi Tsongor
- Le Soleil des Scorta

GAUTIER
- La Morte amoureuse
- Le Capitaine Fracasse

GAVALDA
- 35 kilos d'espoir

GIDE
- Les Faux-Monnayeurs

GIONO
- Le Grand Troupeau
- Le Hussard sur le toit

GIRAUDOUX
- La guerre de Troie n'aura pas lieu

GOLDING
- Sa Majesté des Mouches

GRIMBERT
- Un secret

HEMINGWAY
- Le Vieil Homme et la Mer

HESSEL
- Indignez-vous !

HOMÈRE
- L'Odyssée

HUGO
- Le Dernier Jour d'un condamné
- Les Misérables
- Notre-Dame de Paris

HUXLEY
- Le Meilleur des mondes

IONESCO
- Rhinocéros
- La Cantatrice chauve

JARY
- Ubu roi

JENNI
- L'Art français de la guerre

JOFFO
- Un sac de billes

KAFKA
- La Métamorphose

KEROUAC
- Sur la route

KESSEL
- Le Lion

LARSSON
- Millenium I. Les hommes qui n'aimaient pas les femmes

LE CLÉZIO
- Mondo

LEVI
- Si c'est un homme

LEVY
- Et si c'était vrai...

MAALOUF
- Léon l'Africain

MALRAUX
- La Condition humaine

MARIVAUX
- La Double Inconstance
- Le Jeu de l'amour et du hasard

MARTINEZ
- Du domaine des murmures

MAUPASSANT
- Boule de suif
- Le Horla
- Une vie

MAURIAC
- Le Nœud de vipères

MAURIAC
- Le Sagouin

MÉRIMÉE
- Tamango
- Colomba

MERLE
- La mort est mon métier

MOLIÈRE
- Le Misanthrope
- L'Avare
- Le Bourgeois gentilhomme

MONTAIGNE
- Essais

MORPURGO
- Le Roi Arthur

MUSSET
- Lorenzaccio

MUSSO
- Que serais-je sans toi ?

NOTHOMB
- Stupeur et Tremblements

ORWELL
- La Ferme des animaux
- 1984

PAGNOL
- La Gloire de mon père

PANCOL
- Les Yeux jaunes des crocodiles

PASCAL
- Pensées

PENNAC
- Au bonheur des ogres

POE
- La Chute de la maison Usher

PROUST
- Du côté de chez Swann

QUENEAU
- Zazie dans le métro

QUIGNARD
- Tous les matins du monde

RABELAIS
- Gargantua

RACINE
- Andromaque
- Britannicus
- Phèdre

ROUSSEAU
- Confessions

ROSTAND
- Cyrano de Bergerac

ROWLING
- Harry Potter à l'école des sorciers

SAINT-EXUPÉRY
- Le Petit Prince
- Vol de nuit

SARTRE
- Huis clos
- La Nausée
- Les Mouches

SCHLINK
- Le Liseur

L'éditeur veille à la fiabilité des informations publiées, lesquelles ne pourraient toutefois engager sa responsabilité.

www.lepetitlitteraire.fr

ISBN version numérique : 978-2-8080-045-65
ISBN version papier : 978-2-8080-045-72
Dépôt légal : D/2017/12603/766

Avec la collaboration de Noémie Lohay pour les chapitres « Un choix tragique », « Un style hispanisant », « Une narration insolite » et « Un impossible témoignage ».

Conception numérique : Primento,
le partenaire numérique des éditeurs.

Ce titre a été réalisé avec le soutien de la Fédération Wallonie-Bruxelles, Service général des Lettres et du Livre.

Made in the USA
Monee, IL
18 April 2022